El
Unicornio
del
Oeste

Para Virginia Marie, Lauren, y Allison,
quienes querían un cuento de unicornios
Y para Elaine Marie, con gratitud
—A. F. A.

Para mi madre
—A. P.

El Unicornio del Oeste

por Alma Flor Ada   ilustrado por Abigail Pizer

traducido por Rosa Zubizarreta

Libros Colibrí

Atheneum   1994   New York

Maxwell Macmillan Canada *Toronto*   Maxwell Macmillan International *New York Oxford Singapore Sydney*

Cada tarde, cuando el sol empezaba a enrojecer, salía del bosque. Trotaba con sus finos cascos por el prado de tierna hierba, hasta llegar a la orilla del alto acantilado. Desde allí miraba cómo el sol enardecido se perdía en el mar.

Era su momento favorito del día. El resto del tiempo merodeaba por el bosque solitario, donde nunca se había encontrado con ningún otro habitante. A menudo, cuando bebía el agua fresca de un manantial que brotaba entre las rocas, se contemplaba entre las aguas empozadas. Las aguas le devolvían la imagen de su rostro, rodeado de sus largas crines flotantes. Y como su cuerno dorado le recordaba al sol, sonreía de gusto.

Una mañana, en que las ramas de los árboles ya habían empezado a cubrirse de capullos, lo sorprendió un sonido desconocido. Primero pensó que era el viento soplando entre los árboles, pero como nunca antes había oído al viento cantar así, buscó a ver de dónde venía el sonido.

Al fin encontró un pequeño ser que lo miraba desde una rama.

—¡Hola! —saludó y luego preguntó: —¿Quién eres?

—Soy un petirrojo —contestó el pajarito.

—¿Cómo lo sabes? —le preguntó curioso.

—¿Cómo no voy a saberlo? —respondió el petirrojo—. Mi mamá es una petirroja, mi papá es un petirrojo, mis hermanos, mis hermanas, mis tíos y mis primos son petirrojos. Y tú, ¿quién eres? Nunca he visto a nadie como tú . . .

—No lo sé . . . —contestó él—. Mi cuerno es dorado como el sol y mis crines blancas como las nubes. Pero no soy ni sol ni nube. No sé quién soy.

—Pues voy a seguir volando a ver si encuentro a alguien igual a ti, para decirte quién eres —dijo el pajarito. Y antes de echarse a volar añadió: —¡Hasta luego, Amigo!

Por muchos días, el animal de largas crines escuchaba con atención esperando ver aparecer de nuevo al petirrojo. Pero lo único que lograba oír era el viento entre las ramas y el rumor del mar.

Un mediodía de verano, mientras corría por la pradera cubierta de flores, se llevó una sorpresa. Una de las flores se había echado a volar.

Se acercó corriendo a ver aquella maravilla. Y entonces descubrió que no era una flor, sino un animalito con alas ligeras como pétalos, que brillaban radiantes bajo el sol.

—¡Hola! —saludó a la flor alada—. Espérate, dime, ¿quién eres?

—Soy una mariposa —contestó la mariposa, posándose en una rama florida.

—¿Cómo lo sabes?

—¿Cómo no voy a saberlo? —respondió la mariposa—. Mi mamá fue una mariposa, mi papá fue una mariposa y mis cientos de hermanos y hermanas son todos mariposas. Y tú, ¿quién eres? Nunca he visto a nadie como tú . . .

—No lo sé . . . —contestó él—. Mi cuerno es dorado como el sol y mi cola es blanca como las margaritas, pero sé que no soy ni sol ni flor.

Y añadió tristemente: —No sé quién soy. Pero una vez un petirrojo me llamó "amigo".

—Pues, voy a volar tan lejos como pueda a ver si encuentro a alguien igual a ti para decirte quién eres —dijo la mariposa.

Y mientras se alejaba revoloteando le dijo: —¡Hasta pronto, Amigo!

Por muchos días, observó con atención el prado, esperando ver reaparecer a la mariposa. Pero aunque nuevas flores siguieron abriéndose entre la hierba, todas estaban bien sujetas a sus tallos, ninguna volaba.

Las hojas de los árboles habían empezado a tornarse amarillas y rojas. Una tarde, mientras bebía las aguas del manantial, le sorprendió ver otro rostro reflejado en el agua —un rostro pequeñito, cubierto de piel, en el que brillaban dos ojos vivarachos.

Se volteó y vio un animalito peludo, de cola abundante, que lo miraba desde el tronco de un árbol cercano.

—¡Hola! —saludó al animalito peludo—. ¿Quién eres?

—Soy una ardilla —contestó la ardilla, sacudiendo la cola.

—¿Cómo lo sabes?

—¿Cómo no voy a saberlo? —respondió la ardilla—. Mi mamá es una ardilla, mi papá es una ardilla, mis tres hermanos, mis tíos y mis primos son ardillas. Mis abuelos y mis abuelas eran ardillas. Y tú, ¿quién eres? Nunca he visto a nadie como tú . . .

—No lo sé . . . —contestó él—. Mi cuerno es dorado como el sol, mis crines ligeras y blancas como la espuma de mar. Pero sé que no soy ni sol ni espuma.

Y añadió tristemente: —No sé quién soy. Pero, un petirrojo y una mariposa me llamaron "amigo".

—Pues voy a seguir mi viaje a ver si encuentro a alguien igual a ti para decirte quién eres —dijo la ardilla.

Y después de saltar a otro árbol, se volteó y le dijo: —¡Hasta pronto, Amigo!

Desde entonces, cada día, él esperaba volver a oír el canto del petirrojo, ver aparecer la mariposa volando por el prado o descubrir la carita vivaz de la ardilla entre los árboles. Pero lo único que oía era el sonido del viento entre los árboles y el romper de las olas contra el acantilado. Y al mirarse en las aguas del manantial, sólo veía su propia cara y el reflejo de las ramas desnudas de los árboles.

Una noche de luna llena, oyó un sonido extraño que parecía bajar de las montañas. No era sonido de viento ni de tempestad. No era canción de pájaros ni repiqueteo de lluvia, sino una melodía, a la vez lejana y próxima, triste y alegre, animada y lenta.

La melodía parecía pedir que la siguieran y él así lo hizo, con sus blancas crines flotando como nubes bajo la luna llena. Dejó atrás el prado y se internó en el bosque, cruzó un río y dos arroyos, y como la luna se ocultaba una y otra vez entre las nubes, atravesó el valle a la luz de las estrellas. El cielo empezaba a volverse rosado, cuando llegó al pie de la montaña.

De pronto, su propia imagen parecía acercársele saliendo de entre la niebla. El mismo cuerno dorado, las mismas crines ligeras aparecían, no una, ni dos, sino tres veces, en frente suyo, a la izquierda, a la derecha.

Pero eran imágenes vivas. Seres igual a él, de piernas ágiles y cascos firmes, de largas colas flotantes y ojos brillantes.

—Gracias por haber venido al llamado de la música —dijo el que había aparecido por la izquierda.

—No podíamos faltar —dijo el que había aparecido justamente enfrente.

—Pero, ¿quiénes son ustedes? —preguntó él, mirándolos con sorpresa—. Y, ¿por qué estamos aquí?

—Una vez cada siete años, nos reunimos aquí en la primera luna llena después del solsticio de invierno —dijo el que estaba a su derecha.

—Es nuestra manera de asegurar que haya suficiente amor para todos en el mundo—dijo el que estaba enfrente suyo.

—Y que sigan existiendo hermosos sueños —dijo el que estaba a su izquierda.

—Pero, ¿quiénes son ustedes? Y, ¿quién soy yo? —insistió.

—Soy el Unicornio del Norte —dijo el que había aparecido por la izquierda—. Vivo entre los hielos. Como soy del mismo color de la nieve, jamás nadie me ha podido ver de cerca. Los pocos que han visto brillar mi cuerno han creído ver un rayo de sol entre los hielos.

—Soy el Unicornio del Este —dijo el que había aparecido por donde nace el sol—. Vivo entre las arenas del desierto. No hay muchos que se atrevan a cruzar el desierto y por eso son pocos los que han logrado atisbarme. Y esos pocos siempre han creído ver un espejismo.

—Yo soy el Unicornio del Sur —dijo el que había aparecido por la derecha—. Vivo en medio de la selva, donde los monos saltan de rama en rama y en la noche se oye el rugir del león. Nadie sabe que existe un unicornio en las selvas del sur, porque las hojas que caen cubren todas mis huellas y la fronda impide ver lo que se oculta entre los árboles.

—Y entonces yo . . .

—Tú eres el Unicornio del Oeste —dijo el Unicornio del Norte.

—Vienes de donde el sol se oculta —dijo el Unicornio del Este.

—Como eres muy jóven, ésta es tu primera reunión con nosotros —añadió el Unicornio del Sur.

—Soy el Unicornio del Oeste . . . —se dijo a sí mismo, repitiéndolo lentamente.

Al caer la tarde los unicornios se despidieron.

—Volveremos a encontrarnos dentro de siete años —dijo el Unicornio del Norte y partió hacia la tierra de los hielos eternos.

—En la primera luna llena después del solsticio de invierno —dijo el Unicornio del Este. Y partió hacia las dunas de arena, y a un oasis de palmeras de dátiles.

—Para asegurar que el mundo esté lleno de amor . . . —dijo el Unicornio del Sur. Y se marchó hacia la selva de altos árboles y orquídeas fragantes.

—Hasta entonces . . . —dijo el Unicornio del Oeste. Y emprendió el camino de regreso hacia su acantilado junto al mar.

Al llegar, le salió al paso la ardilla.

—Amigo, ¡ya sé quién eres! —le chilló entusiasmada—. Viajé muy lejos hasta la tierra de las nieves eternas. Y allí vi a alguien igual que tú . . .

En ese momento llegó volando el petirrojo.

—Amigo, ¡ya sé quién eres! —cantó con alegría—. Volé lejísimos, hasta el desierto de dunas doradas, donde casi nada crece. Y allí, en un pequeño oasis, vi a alguien muy parecido a ti . . .

La mariposa se acercó revoloteando.

—Amigo, ¡ya averigüé quién eres! —le dijo suavemente, batiendo sus alas brillantes—. Volé hasta la selva profunda. Y allí, entre los árboles, logré atisbar a alguien que se parece mucho a ti.

—Si ya lo sé —dijo entonces el unicornio, sacudiendo sus crines ligeras—. Soy el Unicornio del Oeste . . .

Y, luego, mirando a cada uno, añadió: —Pero me encantaría que me sigan llamando Amigo.

Atheneum
Macmillan Publishing Company
866 Third Avenue
New York, NY 10022

Maxwell Macmillan Canada, Inc.
1200 Eglinton Avenue East
Suite 200
Don Mills, Ontario M3C 3N1

Macmillan Publishing Company is part of the
Maxwell Communication Group of Companies.

First edition
Printed in the United States of America
10 9 8 7 6 5 4 3 2 1
The text of this book is set in Belwe Light.
The illustrations are rendered in watercolor.

ISBN 0-689-31916-9
Library of Congress Catalog Card Number: 93-36948